AF321262

# DÉJANIRE,

## OU

## LA MORT D'HERCULE,

### GRAND OPÉRA EN UN ACTE.

PAR L. B. D. R. S. C.

## PARIS,

De l'Imprimerie de HOCQUET, rue du Faubourg
Montmartre, n°. 4.

1816.

# PERSONNAGES.

HERCULE.

Le Prince ARCHAS, issu des Rois de Thessalie
et du sang de Nessus.

DÉJANIRE, femme d'Hercule.

HILUS, fils d'Hercule.

LICHUS.

IOLE, fille d'Erithus, roi d'Æchalie.

JUNON.

UN PONTIFE.

Compagnons d'Hercule.

Peuple de Thessalie.

Filles Æchaliennes.

# DÉJANIRE,

## OU

## LA MORT D'HERCULE,

### Grand Opéra en un Acte.

~~~~~~~~~~~~~~~~~~~~~~~~~~~~~~~~~~~~~

*Le Théâtre représente une partie de la place publique de Trachyne, ville de Thessalie, avec un grand lointain. A gauche, le palais d'Hercule ; à droite, un bois sacré qui précède un temple. Au fond, le mont Æta, le fleuve Pénée et des forêts de pins.*

---

## SCÈNE PREMIÈRE.

**Le Prince ARCHAS issu des Rois de Thessalie et du sang de Nessus, Chœur de THESSALIENS.**

THESSALIENS.

Rompons la chaîne qui nous lie,
Tandis qu'Alcide est absent de ces lieux ;
Insultons aux traits odieux
Du tyran de la Thessalie.

( *Ils menacent la statue d'Hercule, Archas les retient.* )

ARCHAS.

L'Olympe à peine est digne de ses vœux ;
Il ose comparer sa massue au tonnerre ;
Il se vante, l'audacieux,
D'avoir franchi les bornes de la terre,
Devancé dans son char le dieu de la lumière,
Et, s'il daignait monter aux cieux,
Qu'Atlas succomberait sous son poids glorieux !
( *Avec douceur.* )
Mais il a sauvé ce que j'aime.
~~~~~~~~~~~~~~~~~~~~~~~~~~~~~~~~~~~~~

(4)



CHOEUR.

Il a défié Junon même!
Vengeons nos maux et son injure aux dieux.

( *Ils vont de nouveau menacer la statue. Iole paraît.* )

ARCHAS, *les dissipant et montrant Iole.* )

Barbares, arrêtez, il sauva ce que j'aime ;
Ce bienfait a payé tous nos maux à mes yeux.

( *Il montre Iole, qui entre suivie des filles œchaliennes.* )

# SCÈNE II.

### Les Mêmes, IOLE.

IOLE, *à ses compagnes.*
Cachez Iole, votre amie,
Cachez la fille d'Erithus.
CHOEUR.
Sang de nos rois, princesse d'Æchalie,
Vous formez des vœux superflus.

*Ensemble.*

ARCHAS, *s'approchant.*
Pouvez-vous cacher vos vertus ?

IOLE.
C'est vous, Archas ?

ARCHAS.
Oui, mon cœur vous devine,

( *Aux Gardes.* )
Mais garde vos secrets... Soldats, éloignez-vous.
La vertu, par ses dons, trahit sa main divine
Comme la fleur par un parfum bien doux.
En vain dans un modeste asyle,
L'ordre d'Hercule enchaîne vos beaux jours ;
Ah! combien il est difficile
De séparer les grâces des amours.

IOLE.
Ah! respectez la loi sévère
Qui me dérobe à tous les yeux.

ARCHAS.
Le puis-je, beauté noble et chère!
C'est fuir la lumière des cieux.

IOLE.

Hercule en accroîtrait sa haine.

ARCHAS.

Même sort à vos pas m'enchaîne.
Là vous regrettez vos foyers.

IOLE, *montrant le champ des armes.*

Là vous exercez vos guerriers.

ARCHAS, *montrant le bois sacré.*

Ici vous répandez des larmes.

IOLE.

Ici je vois briller vos armes.

ARCHAS.

Là je demande aux dieux de servir mon courroux.

IOLE, *tendrement.*

Moi, de n'être jamais plus heureuse que vous.

ENSEMBLE.

Tout nous unit; le malheur, l'espérance :
Je vous vois chaque jour et sens moins ma souffrance.

IOLE.

Mais Lichus a parlé. Dans mon obscur séjour
Déjanire m'a vue; elle sert notre amour...

ARCHAS, *vivement.*

Le pourra-t-elle?.. Hercule arrive! quel martyre!
Connaissez ses projets... évitons Déjanire.

( *Il entre dans le Champ de Mars à gauche, Iole dans le
bois sacré.* )

# SCENE III.

## DÉJANIRE, LICHUS, HILUS enfant.

DÉJANIRE, *à Lichus.*

La voilà cette Iole, objet de mon courroux !
Tu m'as dit le secret de mon volage époux :
Il revient pour jouir de ses ardeurs nouvelles!
Ne rougis point, Lichus, de m'avouer ses feux :
Si les héros étaient fidelles,
Ils se croiraient plus justes que les Dieux.

*( Montrant Hilus. )*
Mon fils m'est conservé par la bonté céleste.
Quand l'amour fuit, son image me reste.
L'amitié, la nature, ah! voilà les vrais biens!
Mais d'Iole et d'Archas assurons les liens

*( On entend une marche triomphale. )*
Pour me venger... Quels chants!...'c'est Hercule lui-même!..
*( Avec ironie à Iole et à Archas, qui entrent. )*
Venez tous.... les objets qu'il aime
Près de son char doivent se réunir.

# SCENE IV.

Les Mêmes, **ARCHAS, IOLE,** *que Déjanire appelle.*

**ARCHAS, IOLE.**
*Ensemble.*
Pour une amante infortunée
J'implore un plus doux avenir.
**DÉJANIRE.**
Venez, victime infortunée,
Hercule en vain veut vous bannir.
Sous la couronne d'hyménée,
C'est moi qui prétends vous unir.

*( On entend une marche triomphale plus rapprochée. )*
**DÉJANIRE,** *à Archas.*
Comptez sur mon appui... Mais Hercule s'avance....
*(A part.)* Il parlera, l'ingrat!
**ARCHAS,** *à part.*
Que je crains sa présence!

# SCENE V.

Les Mêmes, **HERCULE,** ses Compagnons, Suite,
Æchaliens *enchaînés.*

**CHŒUR.**
Il triomphe : la gloire a rempli ses souhaits ;
Les peuples sont heureux, l'univers est en paix.
**HERCULE,** *allant à Déjanire et à son fils.*
O Déjanire! ô moment plein d'ivresse!
Hilus! fils cher à ma tendresse!

( *Il les embrasse.* )

Je trouve en vos embrassemens
Le prix d'un siècle de tourmens.
Junon, j'ai lassé ta puissance,
J'ai terrassé mes ennemis ;
Par moi, respire l'innocence,
Et l'on voit les méchans soumis ;
J'ai raffermi la terre et l'onde,
Calmé les pleurs et les soupirs ;
J'ai chassé les fléaux du monde,
Pour n'y laisser que les plaisirs.

( *Appercevant Iole et Archas ; avec embarras* )

Que vois-je ? Iole !.. vous, princesse ?..

DÉJANIRE, *dissimulant.*

Je lui donne un asyle ainsi qu'au jeune Archas ;
Aux malheureux je m'intéresse.

( *Montrant Iole.* )

Mon zèle seul a découvert ses pas.

HERCULE, *cachant avec peine son trouble.*

De cet objet rempli d'appas,
Je voulais vous faire un hommage.
C'est un tribut d'amour trop cher pour l'esclavage ;
C'est le digne sang d'Erithus.

( *Avec force.* )

Je veux qu'on la respecte à l'égal de son père.

( *Montrant Iole.* )

Déjanire, souffrez.... cet hommage aux vertus.
Et le dernier trophée est celui qu'on préfère.

LICHUS et CHOEUR.

Prêtez-nous, pour fêter ses immortels exploits,
Briarée et Stentor, vos cent bras, vos cent voix.

( *Pendant le chœur, Hercule se place sur un trône, ayant
Déjanire à sa droite et faisant mettre Iole à sa gauche.
Archas se place à ses pieds.* )

LICHUS, *aux compagnons d'Hercule.*

Et vous, compagnons de sa gloire,
Imitez ses nobles travaux,
Et montrez que chaque victoire
Suffit pour créer un héros.

( *Plusieurs compagnons d'Hercule, vêtus comme lui, avec
une peau de lion, ayant une massue ou des javelots,
imitent chacun un de ses principaux travaux. L'un ter-*

rasse l'*Hydre de Lerne, l'autre le Fleuve Achéloüs, l'autre Cacus, Antée, etc. Le dernier, sur le devant, lève l'épée sur les Æchaliens enchaînés. Au moment où ce dernier agit, Iole se couvre les yeux avec douleur et Hercule se lève furieux en interrompant les jeux.* )

HERCULE.

( *Montrant Iole.* )

Arrête, malheureux ! tu vois couler ses larmes,
Et ne sens pas des mains tomber tes armes...
C'est assez.... suspendez les jeux ;
C'est à l'Olympe seul, à Jupiter propice,
Que vous devez vos vœux, un sacrifice :
Encenser un mortel, c'est insulter aux dieux.

( *On suspend les jeux en désordre. Le peuple se retire ; Hercule rentre au palais avec Déjanire qui l'emmène en laissant à dessein Iole avec Archas.* )

DÉJANIRE, *à Iole avec intention.*

Iole, avec Archas demeurez en ces lieux.


# SCENE VI.

## ARCHAS, IOLE.

ARCHAS, *très-inquiet.*

Rendez le calme, Iole, à mon âme éperdue ;
Hercule...

IOLE, *naïvement.*

Il m'aime en père, et sa bonté m'est due ;
Il causa nos malheurs...

ARCHAS,

Craignez-en de plus grands.

IOLE.

Déjanire occupe son âme...

ARCHAS, *vivement.*

Craignez le zèle qui l'enflamme.
Il est d'ingrats époux, comme d'ingrats amans :
Ils perdent le bonheur et trouvent la vengeance.
Rappelez-vous Pâris, et Thésée, et Nessus,
Héros dont je descends.

IOLE.

Des traits qu'il a reçus,

Quoi ? l'amour...

( 9 )

ARCHAS.

Oui, Nessus éprouva sa puissance,
Il aima Déjanire et brava son rival.
Soudain son sang coula sous les flèches d'Hercule ;
Ce sang qui, par un don fatal,
De lui-même s'allume et brûle,
J'en ai trop hérité, je l'éprouve en ce jour :
Il brûlait pour la haine et le mien pour l'amour.
Mais Hercule paraît... s'il lisait dans mon âme...
Fuyons...

*(Il sort et veut emmener Iole ; Hercule la retient.)*

# SCÈNE VI.

## HERCULE, IOLE.

HERCULE, *vivement.*
( *A part.* )
Restez Iole... Ah ! contenons ma flamme !
( *Avec ironie.* )
Ainsi, loin d'exercer ses fiers Thessaliens,
Quand j'adoucis son trop juste esclavage,
Archas borne ici son courage
A chercher d'amoureux liens.
Préfère-t-il des fers aux triomphes des armes ?
Et les lauriers croissent-ils dans les larmes ?

IOLE, *avec admiration*
Pardonnez, immortel héros,
L'amour n'arrêta point vos glorieux travaux.

HERCULE, *contenant sa fureur.*

Mon amour ! c'est le sien qui dans ce jour me blesse.
Quand j'éprouvai cette faiblesse,
Je l'ennoblis en perdant mes rivaux.
( *D'une voix terrible.* )
Ils ont tous disparu... s'il en restait encore...
Je le sens, mon bras aujourd'hui...

IOLE, *naïvement.*

Quand l'univers entier l'adore,
Hercule est sans rivaux, tous les cœurs sont à lui.

HERCULE, *avec ivresse.*
( *A part.* )
Doux aveu ! chère Iole... insensé ! quelle ivresse !
Que de beautés !

B

IOLE, *dans ses bras, avec enthousiasme.*

Alcide ! ô touchante tendresse !
Quel transport nous inspire un héros glorieux !
Le bienfaiteur du monde, appui de l'innocence !
Quel charme !.. ah ! c'est l'effet de la reconnaissance,
Oui, c'est cet amour pur qu'on ressent pour les dieux.
En ce moment prospère,
Je trouve sur le cœur d'un père,
Des trésors inconnus ;
J'y puise le bonheur, la paix et les vertus.

*Ensemble.* 
    J'y puise, etc.

HERCULE.

Sa tendresse m'enivre ! efforts trop superflus !
L'amour seul est plus fort que toutes les vertus.

## SCENE VIII.

Les Mêmes, DÉJANIRE.

DÉJANIRE, *à part.*

Mes yeux l'ont trop vu ! le perfide !!
Ainsi le fils des dieux, le généreux Alcide
Accomplit ses sermens !

HERCULE, *montrant Iole.*

En protégeant l'innocence timide.

DÉJANIRE, *avec une ironie amère.*

Oui, je le vois à ses embrassemens ;
Je prétends l'imiter. Iole est ma captive ;
Près d'elle je ressens une ardeur non moins vive.
Livrez-la moi. Son sort m'occupe en ce moment.
Livrez-moi cet objet charmant,
Ou vous n'aimez plus Déjanire.

IOLE, *à Hercule.*

Cédez ; pour le plus tendre amant,
Elle sait que mon cœur soupire.

HERCULE, *frappé.*

Quel est cet amant ?

DÉJANIRE.

C'est Archas.

Elle l'adore.

( 12 )

HERCULE, *frappé plus vivement encore.*

( A part )   Ah ! la foudre en éclats !..
Archas est aimé quand je brûle !..
Justice , amour
M'entraînent tour-à-tour.

*Ensemble.* {
(*Avec la plus noble énergie.*)
Dieux ! quels combats ! eh bien ! triomphe, Hercule !
La justice est ta loi, ton amour et tes dieux.

DÉJANIRE et IOLE.

Ah ! cédez à mes/ses vœux.

DÉJANIRE, *toujours avec ironie.*

Je vois qu'il en coûte à votre âme
De céder un trésor si cher ?

HERCULE.

( *à part.* )
( Qui ? moi ! renoncer à ma flâme,
Et voir un rival triompher ! )

DÉJANIRE.

Vous consentez à l'hymen qu'on prépare ?

HERCULE, *hors de lui.*

Jamais !

DÉJANIRE, *à part.*

Un refus ! je m'égare...
Il l'aime... je me meurs...

IOLE, *à Hercule et soutenant Déjanire.*

Cédez à ses bontés, ses pleurs.

HERCULE, *hors de lui.*

Déjanire se meurt !... Iole aime !... je brûle !...
( *Montrant Déjanire ; montrant Iole.* )
O tendresse !... amour !... équité !
( *Se montrant.* )
Affreux combats de tout côté !

( *Avec plus d'énergie encore.* )
C'est le plus grand de tous !... triomphe encore Hercule !
La justice est ta loi, ton amour, et tes dieux !

*Ensemble.* {
Protégeons l'innocent, résistons à ses vœux.

DÉJANIRE, IOLE.

Ah ! cédez à mes/ses vœux !

DÉJANIRE, *se ranimant.*

Souscrirez-vous enfin ?...

HERCULE.

Un instant, en ces lieux,
Alcide veut méditer sa réponse.
( *à Iole.* )                    ( *à Déjanire.* )
Rentrez au temple... et vous ! dans ce palais.
Thémis doit prononcer sur ces grands intérêts.

DÉJANIRE.

Va, cruel ! ton refus prononce ;
( *à part.* )
( Mais ma vengeance est prête et le suivra de près. )
( *Elle sort du côté du palais, Iole du côté du temple.* )

# SCENE IX.

HERCULE, *seul.*

O fureur de Junon ! amour ! délire extrême !
Mon cœur est un volcan ! un mot perd mes rivaux !...
Eh bien ! couronnons mes travaux ;
Consommons le plus grand ; triomphons de moi-même.
Fidèle à l'hyménée, appui des malheureux,
Soyons plus fort qu'amour, plus juste que les Dieux.
( *Avec le plus vif enthousiasme.* )
Thémis ! ma déité ! mon guide !
Justice sainte ! ô volupté d'Alcide !
Remplace Vénus dans mon cœur :
Sois pour moi le parfait bonheur.
Quand un de mes désirs peut ébranler la terre,
Seul n'en soyons point abattu :
Dompter ses passions est la plus noble guerre !
C'est vaincre le Dieu du tonnerre,
C'est le surpasser en vertu.
( *Avec passion.* )
Efforts vains... j'aime encore !... à ma flamme adultère,
Aux pieds des autels seuls, je pourrai me soustraire :
Hâtons ce sacrifice et mes plus grands exploits !...
( *Il sort par le fond.* )

# SCENE X.

## DÉJANIRE, ARCHAS.

DÉJANIRE, *conduisant Archas avec fureur, et portant une urne couverte d'un crêpe noir.*

Venez... trahis tous deux...

ARCHAS.

Vengeance! entends ma voix.

DÉJANIRE.

Nessus qu'il immola, Nessus fut moins coupable.
D'un fils et d'une épouse en pleurs, inconsolable,
   Il ne méconnut pas les droits!
Pourtant son sang coula... Dieux! je le vois encore!...
   Quels souvenirs et quel espoir soudain!...
    » Nessus expirant vous adore,
   « Dit-il, recevez de ma main
» Cette urne où de mon sang le reste se consume :
  » Il a le don de rappeler l'amour;
« De l'hymen, dans ce sang, le flambeau se rallume,
  « Et pour Alcide il peut servir un jour...
» Adieu... si par ma cendre une âme est enflammée
» Jugez combien, vivant, Nessus vous eût aimée! »
    ( *Elle montre l'urne.* )
Il expire, et cette urne accordée à mes vœux...

ARCHAS, *frémissant près de l'urne.*

Quoi! ce vase scellé, qu'on cache à tous les yeux,
Est le sang de Nessus, du héros de ma race?...
Ce sang paraît gémir, cette urne se mouvoir!...
Pour enflammer un cœur on vante son pouvoir;
Mais Nessus!...

DÉJANIRE, *vivement.*

    Par ce don son injure s'efface.
Et que ne peut tenter l'amour au désespoir!
Hercule à Jupiter prépare un sacrifice;
   Archas! le moment est propice :
Ainsi que moi trahi, protégez mes desseins.
Que le manteau de pourpre, ouvrage de mes mains,
  Qu'Hercule attend de ma tendresse,

( *Avec ironie et douleur.* )

( Et sans doute pour prix de ses feux inhumains )
Teint du sang de Nessus... hâtez vous, le tems presse,

( 14 )

Que ce don au grand Prêtre à l'instant soit remis.

( *Elle lui remet l'urne.* )

A R C H A S , *tenant l'urne avec terreur.*

L'urne brûle et s'agite en mes bras !... je frémis. .
Je cours... ô jalousie ! ô transport qui m'oppresse !
Et puis-je réfléchir dans le trouble où je suis !

( *Il sort.* )

# SCÈNE XI.

## DÉJANIRE, *seule.*

O Junon ! si dans ta colère,
Du maître du tonnère
Tu punis l'infidélité ;
Faut-il, faut-il, sur une mère,
Faire tomber ta cruauté ?
Ne me punis pas dans Alcide.
Junon ! le rendre ingrat, perfide,
C'est me frapper bien plus que mon époux.

( *Les portes du temple s'ouvrent avec un grondement sourd ;
un jour rougeâtre et sanglant en sort et éclaire seul la
scène. La foudre sillonne le parvis, et va, à fleur de terre,
se perdre dans le fleuve Pénée, sans avoir fait entendre
l'éclat du tonnerre.* )

Que vois-je ! effets de ton courroux !
L'urne en éclats vole et quitte la terre !...
Un jour sanglant en sort et nous éclaire !
Jour plus horrible que la nuit !
La foudre éclate et disparaît sans bruit !

# SCÈNE XII.

## ARCHAS, DÉJANIRE.

A R C H A S , *sortant du temple égaré et cachant son trouble.*
Dieux !...

DÉJANIRE, *étonnée.*

Quel effroi ?...

A R C H A S , *cherchant à cacher son trouble.*

Je crois voir ce prodige...
La terre trembler sous mes pas ?...

B

DÉJANIRE.

Ciel! un prodige! Arcas?

ARCHAS, *cherchant à la rassurer.*

Qu'a-t-il qui vous afflige?
Et n'en faut-il pas un pour toucher les ingrats?

DÉJANIRE, *vivement et hors d'elle.*

Achevez; je l'ordonne, Archas!

ARCHAS.

Ma main de l'urne à peine avait ouvert l'issue,
Qu'une sombre vapeur vient obscurcir ma vue.
Une goutte de sang, seul reste de Nessus,
D'elle-même bouillonne et s'enflant, écumante,
S'élance et va rougir d'une couleur sanglante,
Ces fils que par vos mains, l'innocence a tissus;
A l'instant l'éclair luit, réduit le vase en poudre...
Quels affreux ornemens mes yeux ont apperçus!
Sur la pourpre l'éclair va sillonner la foudre...
Jette le pallium sur l'autel ébranlé
Où votre époux doit l'attacher lui-même,
Et me laisse, en ma crainte extrême,
Par un songe doutant si j'ai l'esprit troublé...

DÉJANIRE, *consternée.*

Présages effrayans!

ARCHAS.

Peut-être favorables!
C'est ainsi que le ciel parle aux héros coupables.
Mais entendez ces chants, ces transports éclatans?
Hercule vient s'y joindre en ces heureux instans.

# SCENE XIII.

Les Mêmes. *Marche des Prêtres et des Peuples de Thessalie.*
LE PONTIFE, HERCULE. ( *On porte derrière lui un
manteau rouge dont la broderie imite les éclairs et les
sillons de la foudre.* ) Compagnons d'Hercule, Filles Æchaliennes.

*CHOEUR* DES COMPAGNONS D'HERCULE ET DES FILLES THES-
SALIENNES.

Mêlons aux pieds des Dieux, dans ce jour de victoire,
Les myrthes de l'amour aux lauriers de la gloire.

( *Les Thessaliennes enchaînent de guirlandes de myrthe les compagnons d'Hercule, et forment des danses voluptueuses.* )

LE GRAND PRÊTRE, *à Hercule.*

Des fiers Thessaliens vainqueur et nouveau Roi !
 Ce pallium, gage de notre foi,
 Ce pallium dont vos mains magnanimes
Ceignent en ce moment le plus grand des Héros,

( *On lui place le manteau sur les épaules, avec pompe.* )

Vous prescrit de plus chers et de plus doux travaux,
Les vertus, le bonheur, l'amour de vos victimes.

*CHOEUR* DES FILLES ÆCHALIENNES.

 Ah ! traitez-nous avec douceur,

( *Montrant Iole.* )

 Comme votre aimable captive.

HERCULE, *les yeux fixes et hagards, regardant déjà Iole avec indifférence.*

 De toutes je veux le bonheur.

ARCHAS ET DÉJANIRE, *à part.*

( Déjà son ardeur est moins vive ! )

HERCULE, *voulant en vain sourire à Iole ; à part.*

 Quel frisson ! quel trouble soudain !
 La foudre s'amasse en mon sein !

IOLE, *à Hercule.*

O bonté ! touchante espérance !

HERCULE, *d'un air sombre.*

Rougis de ton amour, de ta reconnaissance
 Ingrate fille d'Etithus !
Pleure, pleure plutôt ton père et ses vertus !
 Fuis...

DÉJANIRE, *avec joie.*

 Il ne l'aime plus !

HERCULE, *à Déjanire,*

Et toi perfide ! ô contrainte trop vaine !
Depuis ce don fatal je me connais à peine...
Ma tête est égarée, et mon âme en fureur...
Quel poison m'a versé votre rage inhumaine ?

DÉJANIRE.

Hercule...

HERCULE.
Tu me fais horreur.

DÉJANIRE, *montrant le manteau.*
Que j'arrache...

HERCULE.
Mon cœur, furie !

DÉJANIRE.
Ce don fatal...

HERCULE.
Oui, c'est ma vie !
Délivre-m'en, barbare, et tu vas triompher.

DÉJANIRE, *désespérée, s'elance pour arracher le manteau.*
Hercule !...

HERCULE, *la repoussant.*
Tu veux m'étouffer.
Perfide !

ARCHAS, IOLE, DÉJANIRE, HILUS, *à ses pieds.*
Hercule !...

HERCULE, *dans la dernière fureur.*
En feignant qu'ils m'embrassent ,
Mille serpens à l'envi m'entrelacent.
(*Il s'arrache à ses compagnons.*)
Mon arc ! mes traits ! je les immole tous.
Meurs, Déjanire, Hilus.

DÉJANIRE, *au désespoir et emportant son fils.*
Barbare époux !

LE GRAND PRÊTRE.
Ah! fuyons sa colère !

HERCULE, *égaré.*
Oui, tout a péri sous mes coups.

DÉJANIRE.
Je le dérobe à ta colère...
Ses esprits égarés !.. ah! fuyons, fuyons tous !...
Mon fils périrait sous ses coups.

( *Elle s'enfuit épouvantée emportant Hilus.* )

C

# SCENE XIV.

Les Mêmes, excepté DÉJANIRE, IOLE et ILUS.
Chœur, Prêtres, etc., *dans le fond.*

HERCULE, *respirant un moment.*
Mais le calme renaît et suspend ma démence.

ARCHAS, *se jetant à ses pieds, malgré qu'on cherche à le
retenir.*
Cher Alcide !

HERCULE, *surpris et frémissant encore.*
Qui peut embrasser mes genoux ?

ARCHAS, *avec douceur.*
Le repentir et l'innocence.

Mon père !

HERCULE, *attendri et affaissé.*
Ah ! ce nom seul désarme le courroux :
Parle...

ARCHAS, *vivement.*
Hélas ! de Nessus c'est le sang qui vous brûle :
Du centaure cruel la cendre sait trahir :
Il dit à son dernier soupir ;
« Que ce sang assurait la constance d'Hercule »
Déjanire le crut...

HERCULE, *avec un grand cri.*
Il est donc vrai ! grands dieux !
L'oracle est accompli ! d'une main ennemie
Hercule dut perdre la vie :
Puisqu'ils sont innocens, mon sort est moins affreux.

( *Reprenant sa fureur et son égarement.* )
Mais je viens d'immoler mon fils et Déjanire !
J'ai tout perdu... moi-même... ah ! de fureur ! j'expire !...
Implacable Junon ! pour chanter vos bienfaits,

( *Avec ironie, à ses compagnons, qui dressent le bûcher.* )
Pour mon bûcher ! amis ! incendiez la terre !

( *A ces mots, à mesure qu'il parcourt la scène, les fleurs,
les arbustes, les pins commencent à s'enflammer sous ses
pas.* )

HERCULE, *CHOEUR* DES PRÊTRES ET DES COMPAGNONS
effrayés.

Il }
Je } sème sous { ses }
           { mes } pas les fléaux, les forfaits :
Affreux effets de la flamme adultère !

HERCULE

Voilà votre justice ! ô Dieux !
Eh bien ! je meurs bravant votre colère...
Dévoré d'un torrent de feux,
Alcide est un nouveau tonnerre
Qui j'aillit des flancs de la terre
Et lutte avec celui des cieux :
Déjà mes cris font trembler l'Elysée !
L'encens qui monte est ma cendre embrâsée !
Je brûle et souris aux enfers !

(*Il est prêt à monter sur le bûcher, qui ne s'embrâse qu'à ces
mots.*)

Pour pleurs mes yeux font jaillir des éclairs !
Exempt de crainte, exempt d'alarmes
Alcide meurt anisi qu'il a vécu !

(*Pendant ces derniers vers la forêt s'embrâse, ainsi que le
mont Ætna.*

# SCENE XV.

Les Mêmes, DÉJANIRE, HILUS, *sortant de la forêt à ses
cris.*

HERCULE, *prêt à monter sur le bûcher, s'arrête ;
avec un cri d'attendrissement et des sanglots,
appercevant Déjanire.*

Ensemble. { C'est elle ! ô ciel ! voilà les plus puissantes armes !
{ Mon épouse ! mon fils ! ah ! les Dieux m'ont vaincu !
{ Je regrette la vie et je verse des larmes !...

DÉJANIRE, *courant à lui.*

Quels cris ! Alcide ! ô mortelles alarmes !

(*Le bûcher s'éteint à ces mots et se change en un nuage res-
plendissant de gloire. L'incendie de la forêt s'éteint aussi
brusquement au premier cri d'attendrissement d'Hercule*

# SCENE XVI.

**Les Mêmes, JUNON,** *descendant rapidement sur un nuage.*

JUNON.

Le tonnerre s'éteint sous les pleurs d'un héros !
Ce que n'ont pu la mort, les monstres, les fléaux,
La tendresse l'a pu sur ton cœur invincible ;
Cet hommage à l'hymen te rend pur à mes yeux !
    Je pardonne et t'ouvre les cieux ;
Ce n'est tout que la gloire il faut être sensible
    Pour être mis au rang des Dieux !...
    Sois immortel ! protège Déjanire !

( *Aux amans.* )

    Au tendre hymen vous dont le cœur aspire !
    Je couronne vos fronts charmans,
Comptez sur mon appui si vous êtes constans.

( *Junon enlève Hercule sur l'arc-en-ciel jusqu'à l'Olympe.* )

CHOEUR GÉNÉRAL.

    Fêtons une fin aussi belle
Du sein des maux naît la félicité ;
    La gloire jointe à l'équité
    Mérite la palme immortelle.

# FIN.